François-René de Chateaubriand

René

Roman

François-René de Chateaubriand

René

Roman

Table de Matières

RENÉ

En arrivant chez les Natchez, René avait été obligé de prendre une épouse, pour se conformer aux mœurs des Indiens ; mais il ne vivait point avec elle. Un penchant mélancolique l'entraînait au fond des bois ; il y passait seul des journées entières, et semblait sauvage parmi les sauvages. Hors Chactas, son père adoptif, et le père Souël, missionnaire au fort Rosalie[1], il avait renoncé au commerce des hommes. Ces deux vieillards avaient pris beaucoup d'empire sur son cœur : le premier, par une indulgence aimable ; l'autre, au contraire, par une extrême sévérité. Depuis la chasse du castor, où le sachem aveugle raconta ses aventures à René, celui-ci n'avait jamais voulu parler des siennes. Cependant Chactas et le missionnaire désiraient vivement connaître par quel malheur un Européen bien né avait été conduit à l'étrange résolution de s'ensevelir dans les déserts de la Louisiane. René avait toujours donné pour motif de ses refus le peu d'intérêt de son histoire, qui se bornait, disait-il, à celles de ses pensées et de ses sentiments. « Quant à l'événement qui m'a déterminé à passer en Amérique, ajoutait-il je le dois ensevelir dans un éternel oubli. »

Quelques années s'écoulèrent de la sorte, sans que les deux vieillards lui pussent arracher son secret. Une lettre qu'il reçut d'Europe, par le bureau des Missions étrangères, redoubla tellement sa tristesse, qu'il fuyait jusqu'à ses vieux amis. Ils n'en furent que plus ardents à le presser de leur ouvrir son cœur ; ils y mirent tant de discrétion, de douceur et d'autorité, qu'il fut enfin obligé de les satisfaire. Il prit donc jour avec eux pour leur raconter, non les aventures de sa vie, puisqu'il n'en avait point éprouvé, mais les sentiments secrets de son âme.

Le 21 de ce mois que les sauvages appellent la *lune des fleurs*, René se rendit à la cabane de Chactas. Il donna le bras au sachem, et le conduisit sous un sassafras, au bord du Meschacebé. Le père Souël ne tarda pas à arriver au rendez-vous. L'aurore se levait : à quelque distance dans la plaine, on apercevait le village des Natchez, avec son bocage de mûriers, et ses cabanes qui ressemblent à des ruches d'abeilles. La colonie française et le fort Rosalie se montraient sur la droite, au bord du fleuve. Des tentes, des maisons à moitié bâ-

1 Colonie française aux Natchez.

ties, des forteresses commencées, des défrichements couverts de nègres, des groupes de blancs et d'Indiens présentaient, dans ce petit espace, le contraste des mœurs sociales et des mœurs sauvages. Vers l'orient, au fond de la perspective, le soleil commençait à paraître entre les sommets brisés des Appalaches, qui se dessinaient comme des caractères d'azur dans les hauteurs dorées du ciel ; à l'occident, le Meschacebé roulait ses ondes dans un silence magnifique et formait la bordure du tableau avec une inconcevable grandeur.

Le jeune homme et le missionnaire admirèrent quelque temps cette belle scène, en plaignant le sachem, qui ne pouvait plus en jouir ; ensuite le père Souël et Chactas s'assirent sur le gazon, au pied de l'arbre ; René prit sa place au milieu d'eux, et, après, un moment de silence, il parla de la sorte à ses vieux amis :

« Je ne puis, en commençant mon récit, me défendre d'un mouvement de honte. La paix de vos cœurs, respectables vieillards, et le calme de la nature autour de moi, me font rougir du trouble et de l'agitation de mon âme.

« Combien vous aurez pitié de moi ! Que mes éternelles inquiétudes vous paraîtrons misérables ! Vous qui avez épuisé tous les chagrins de la vie, que penserez-vous d'un jeune homme sans force et sans vertu, qui trouve en lui-même son tourment, et ne peut guerre se plaindre que des maux qu'il se fait à lui-même ? Hélas ! ne le condamnez pas ; il a été trop puni !

« J'ai coûté la vie à ma mère en venant au monde ; j'ai été tiré de son sein avec le fer. J'avais un frère, que mon père bénit, parce qu'il voyait en lui son fils aîné. Pour moi, livré de bonne heure à des main étrangères, je fus élevé loin du toit paternel.

« Mon humeur était impétueuse, mon caractère inégal. Tour à tour bruyant et joyeux, silencieux et triste, je rassemblais autour de moi mes jeunes compagnons ; puis, les abandonnant tout à coup, j'allais m'asseoir à l'écart pour contempler la nue fugitive ou entendre la pluie tomber sur le feuillage.

« Chaque automne je revenais au château paternel, situé au milieu des forêts, près d'un lac, dans une province reculée.

« Timide et contraint devant mon père, je ne trouvais l'aise et le contentement qu'auprès de ma sœur Amélie. Une douce conformité d'humeur et de goûts m'unissait étroitement à cette sœur ; elle était un peu plus âgée que moi. Nous aimions à gravir les coteaux ensemble, à voguer sur le lac, à parcourir les bois à la chute des feuilles : promenades dont le souvenir remplit encore mon âme de délices. Ô illusion de l'enfance et de la patrie, ne perdez-vous jamais vos douceurs !

« Tantôt nous marchions en silence, prêtant l'oreille au sourd mugissement de l'automne, ou au bruit des feuilles séchées que nous traînions tristement sous nos pas ; tantôt, dans nos jeux innocents, nous poursuivions l'hirondelle dans la prairie, l'arc-en-ciel sur les collines pluvieuses ; quelquefois aussi nous murmurions des vers que nous inspirait le spectacle de la nature. Jeune, je cultivais les muses ; il n'y a rien de plus poétique, dans la fraîcheur de ses passions, qu'un cœur de seize années. Le matin de la vie est comme le matin du jour, plein de pureté, d'images et d'harmonies.

« Les dimanches et les jours de fête, j'ai souvent entendu dans le grand bois, à travers les arbres, les sons de la cloche lointaine qui appelait au temple l'homme des champs. Appuyé contre le tronc d'un ormeau, j'écoutais en silence le pieux murmure. Chaque frémissement de l'airain portait à mon âme naïve l'innocence des mœurs champêtres, le calme de la solitude, le charme de la religion et la délectable mélancolie des souvenirs de ma première enfance ! Oh ! quel cœur si mal fait n'a tressailli au bruit des cloches de son lieu natal, de ces cloches qui frémirent de joie sur son berceau, qui annoncèrent son avènement à la vie, qui marquèrent le premier battement de son cœur, qui publièrent dans tous les lieux d'alentour la sainte allégresse de son père, les douleurs et les joies encore plus ineffables de sa mère ! Tout se trouve dans les rêveries enchantées où nous plonge le bruit de la cloche natale : religion, famille, patrie, et le berceau et la tombe, et le passé et l'avenir.

« Il est vrai qu'Amélie et moi nous jouissions plus que personne de ces idées graves et tendres, car nous avions tous les deux un peu de tristesse au fond du cœur : nous tenions cela de Dieu ou de notre mère.

« Cependant mon père fut atteint d'une maladie qui le conduisit en peu de jours au tombeau. Il expira dans mes bras. J'appris à connaître la mort sur les lèvres de celui qui m'avait donné la vie.

Cette impression fut grande ; elle dure encore. C'est la première fois que l'immortalité de l'âme s'est présentée clairement à mes yeux. Je ne pus croire que ce corps inanimé était en moi l'auteur de la pensée ; je sentis qu'elle devait venir d'une autre source ; et, dans une sainte douleur, qui approchait de la joie, j'espérai me joindre un jour à l'esprit de mon père.

« Un autre phénomène me confirma dans cette haute idée. Les traits paternels avaient pris au cercueil quelque chose de sublime. Pourquoi cet étonnant mystère ne serait-il pas l'indice de notre immortalité ? Pourquoi la mort, qui sait tout, n'aurait-elle pas gravé sur le front de sa victime les secrets d'un autre univers ? Pourquoi n'y aurait-il pas dans la tombe quelque grande vision de l'éternité ?

« Amélie, accablée de douleur, était retirée au fond d'une tour, d'où elle entendit retentir, sous les voûtes du château gothique, le chant des prêtres du convoi et les sons de la cloche funèbre.

« J'accompagnai mon père à son dernier asile ; la terre se referma sur sa dépouille ; l'éternité et l'oubli le pressèrent de tout leur poids : le soir même l'indifférent passait sur sa tombe ; hors pour sa fille et pour son fils, c'était déjà comme s'il n'avait jamais été.

« Il fallut quitter le toit paternel, devenu l'héritage de mon frère : je me retirai avec Amélie chez de vieux parents.

« Arrêté à l'entrée des voies trompeuses de la vie, je les considérais l'une après l'autre sans m'y oser engager. Amélie m'entretenait souvent du bonheur de la vie religieuse ; elle me disait que j'étais le seul lien qui la retint dans le monde, et ses yeux s'attachaient sur moi avec tristesse.

« Le cœur ému par ces conversations pieuses, je portais souvent mes pas vers un monastère voisin de mon nouveau séjour ; un moment même j'eus la tentation d'y cacher ma vie. Heureux ceux qui ont fini leur voyage sans avoir quitté le port, et qui n'ont point, comme moi, traîné d'inutiles jours sur la terre !

« Les Européens, incessamment agités, sont obligés de se bâtir des solitudes. Plus notre cœur est tumultueux et bruyant, plus le calme et le silence nous attirent. Ces hospices de mon pays, ouverts aux malheureux et aux faibles, sont souvent cachés dans des vallons qui portent au cœur le vague sentiment de l'infortune et l'espérance d'un abri ; quelquefois aussi on les découvre sur de hauts sites où l'âme religieuse, comme une plante des montagnes, semble s'élever vers le ciel pour lui offrir ses parfums.

« Je vois encore le mélange majestueux des eaux et des bois de cette antique abbaye où je pensai dérober ma vie au caprice du sort ; j'erre encore au déclin du jour dans ces cloîtres retentissants et solitaires. Lorsque la lune éclairait à demi les piliers des arcades, et dessinait leur ombre sur le mur opposé, je m'arrêtais à contempler la croix qui marquait le champ de la mort, et les longues herbes qui croissaient entre les pierres des tombes. Ô hommes qui, ayant vécu loin du monde, avez passé du silence de la vie au silence de la mort, de quel dégoût de la terre vos tombeaux ne remplissaient-ils pas mon cœur !

« Soit inconstance naturelle, soit préjugé contre la vie monastique, je changeai mes desseins, je me résolus à voyager. Je dis adieu à ma sœur ; elle me serra dans ses bras avec un mouvement qui ressemblait à de la joie, comme si elle eût été heureuse de me quitter ; je ne pus me défendre d'une réflexion amère sur l'inconséquence des amitiés humaines.

« Cependant, plein d'ardeur, je m'élançai seul sur cet orageux océan du monde, dont je ne connaissais ni les ports ni les écueils. Je visitai d'abord les peuples qui ne sont plus : je m'en allai, m'asseyant sur les débris de Rome et de la Grèce, pays de forte et d'ingénieuse mémoire, où les palais sont ensevelis dans la poudre et les mausolées des rois cachés sous les ronces. Force de la nature, et faiblesse de l'homme ! un brin d'herbe perce souvent le marbre le plus dur de ces tombeaux, que tous ces morts, si puissants, ne soulèveront jamais !

« Quelquefois une haute colonne se montrait seule debout dans un désert, comme une grande pensée s'élève, par intervalles, dans une âme que le temps et le malheur ont dévastée.

« Je méditai sur ces monuments dans tous les accidents et à toutes les heures de la journée. Tantôt ce même soleil qui avait vu jeter les fondements de ces cités se couchait majestueusement, à mes yeux, sur leurs ruines ; tantôt la lune se levant dans un ciel pur, entre deux urnes cinéraires à moitié brisées, me montrait les pâles tombeaux. Souvent, aux rayons de cet astre qui alimente les rêveries, j'ai cru voir le génie des souvenirs assis tout pensif à mes côtés.

« Mais je me lassai de fouiller dans les cercueils, où je ne remuais trop souvent qu'une poussière criminelle.

« Je voulus voir si les races vivantes m'offriraient plus de vertus ou moins de malheurs que les races évanouies. Comme je me promenais un jour dans une grande cité, en passant derrière un palais, dans une cour retirée et déserte, j'aperçus une statue qui indiquait du doigt un lieu fameux par un sacrifice[1]. Je fus frappé du silence de ces lieux ; le vent seul gémissait autour du marbre tragique. Des manœuvres étaient couchés avec indifférence au pied de la statue ou taillaient des pierres en sifflant. Je leur demandai ce que signifiait ce monument : les uns purent à peine me le dire, les autres ignoraient la catastrophe qu'il retraçait. Rien ne m'a plus donné la juste mesure des événements de la vie et du peu que nous sommes. Que sont devenus ces personnages qui firent tant de bruit ? Le temps a fait un pas, et la face de la terre a été renouvelée.

« Je recherchai surtout dans mes voyages les artistes et ces hommes divins qui chantent les dieux sur la lyre, et la félicité des peuples qui honorent les lois, la religion et les tombeaux.

« Ces chantres sont de race divine, ils possèdent le seul talent incontestable dont le ciel ait fait présent à la terre. Leur vie est à la fois naïve et sublime ; ils célèbrent les dieux avec une bouche d'or, et sont les plus simples des hommes ; ils causent comme des immortels ou comme de petits enfants ; ils expliquent les lois de l'univers et ne peuvent comprendre les affaires les plus innocentes de la vie ; ils ont des idées merveilleuses de la mort, et meurent sans s'en apercevoir, comme des nouveau-nés.

« Sur les monts de la Calédonie, le dernier barde qu'on ait ouï dans ces déserts me chanta les poèmes dont un héros consolait jadis sa vieillesse. Nous étions assis sur quatre pierres rongées de mousse : un torrent coulait à nos pieds ; le chevreuil passait à quelque distance parmi les débris d'une tour, et le vent des mers sifflait sur la bruyère de Cona. Maintenant la religion chrétienne, fille aussi des hautes montagnes, a placé des croix sur les monuments des héros de Morven, et touché la harpe de David au bord du même torrent où Ossian fit gémir la sienne. Aussi pacifique que les divinités de Selma étaient guerrières, elle garde des troupeaux où Fingal livrait des combats, et elle a répandu des anges de paix dans les nuages

1   À Londres, derrière White-Hall, la statue de Charles II.

qu'habitaient des fantômes homicides.

« L'ancienne et riante Italie m'offrit la foule de ses chefs-d'œuvre. Avec quelle sainte et poétique horreur j'errais dans ces vastes édifices consacrés par les arts à la religion ! Quel labyrinthe de colonnes ! Quelle succession d'arches et de voûtes ! Qu'ils sont beaux ces bruits, qu'on entend autour des dômes semblables aux rumeurs des flots dans l'Océan, aux murmures des vents dans les forêts, ou à la voix de Dieu dans son temple ! L'architecte bâtit, pour ainsi dire, les idées du poète, et les fait toucher aux sens.

« Cependant qu'avais-je appris jusque alors avec tant de fatigue ? Rien de certain parmi les anciens, rien de beau parmi les modernes. Le passé et le présent sont deux statues incomplètes : l'une a été retirée toute mutilée du débris des âges ; l'autre n'a pas encore reçu sa perfection de l'avenir.

« Mais peut-être, mes vieux amis, vous surtout, habitants du désert, êtes-vous étonnés que, dans ce récit de mes voyages, je ne vous aie pas une seule fois entretenus des monuments de la nature ?

« Un jour j'étais monté au sommet de l'Etna, volcan qui brûle au milieu d'une île. Je vis le soleil se lever dans l'immensité de l'horizon au-dessous de moi, la Sicile resserrée comme un point à mes pieds, et la mer déroulée au loin dans les espaces. Dans cette vue perpendiculaire du tableau, les fleuves ne me semblaient plus que des lignes géographiques tracées sur une carte ; mais tandis que d'un côté mon œil apercevait ces objets, de l'autre il plongeait dans le cratère de l'Etna, dont je découvrais les entrailles brûlantes entre les bouffées d'une noire vapeur.

« Un jeune homme plein de passions, assis sur la bouche d'un volcan, et pleurant sur les mortels dont à peine il voyait à ses pieds les demeures, n'est sans doute, ô vieillards, qu'un objet digne de votre pitié ; mais quoi que vous puissiez penser de René, ce tableau vous offre l'image de son caractère et de son existence : c'est ainsi que toute ma vie j'ai eu devant les yeux une création à la fois immense et imperceptible, et un abîme ouvert à mes côtés. »

En prononçant ces derniers mots, René se tut et tomba subitement dans la rêverie. Le père Souël le regardait avec étonnement, et le vieux sachem aveugle, qui n'entendait plus parler le jeune homme, ne savait que penser de ce silence.

René avait les yeux attachés sur un groupe d'Indiens qui passaient gaiement dans la plaine. Tout à coup sa physionomie s'attendrit, des larmes coulent de ses yeux ; il s'écrie :

« Heureux sauvages ! oh ! que ne puis-je jouir de la paix qui vous accompagne toujours ! Tandis qu'avec si peu de fruit je parcourais tant de contrées, vous, assis tranquillement sous vos chênes, vous laissiez couler les jours sans les compter. Votre raison n'était que vos besoins, et vous arriviez, mieux que moi, au résultat de la sagesse, comme l'enfant, entre les jeux et le sommeil. Si cette mélancolie qui s'engendre de l'excès du bonheur atteignait quelquefois votre âme, bientôt vous sortiez de cette tristesse passagère, et votre regard levé vers le ciel cherchait avec attendrissement ce je ne sais quoi inconnu qui prend pitié du pauvre Sauvage. »

Ici la voix de René expira de nouveau, et le jeune homme pencha la tête sur sa poitrine. Chactas, étendant les bras dans l'ombre, et prenant le bras de son fils, lui cria d'un ton ému : « Mon fils ! mon cher fils ! » À ces accents, le frère d'Amélie, revenant à lui, et rougissant de son trouble, pria son père de lui pardonner.

Alors le vieux sauvage : « Mon jeune ami, les mouvements d'un cœur comme le tien ne sauraient être égaux ; modère seulement ce caractère qui t'a déjà fait tant de mal. Si tu souffres plus qu'un autre des choses de la vie, il ne faut pas t'en étonner : une grande âme doit contenir plus de douleurs qu'une petite. Continue ton récit. Tu nous as fait parcourir une partie de l'Europe, fais-nous connaître ta patrie. Tu sais que j'ai vu la France et quels liens m'y ont attaché ; j'aimerais à entendre parler de ce grand chef[1], qui n'est plus, et dont j'ai visité la superbe cabane. Mon enfant, je ne vis plus que pour la mémoire. Un vieillard avec ses souvenirs ressemble au chêne décrépit de nos bois : ce chêne ne se décore plus de son propre feuillage, mais il couvre quelquefois sa nudité des plantes étrangères qui ont végété sur ses antiques rameaux. »

Le frère d'Amélie, calmé par ces paroles, reprit ainsi l'histoire de son cœur :

« Hélas ! mon père, je ne pourrai t'entretenir de ce grand siècle dont je n'ai vu que la fin dans mon enfance, et qui n'était plus lorsque je rentrai dans ma patrie. Jamais un changement plus éton-

---

1 Louis XIV.

nant et plus soudain ne s'est opéré chez un peuple. De la hauteur du génie, du respect pour la religion, de la gravité des mœurs, tout était subitement descendu à la souplesse de l'esprit, à l'impiété, à la corruption.

« C'était donc bien vainement que j'avais espéré retrouver dans mon pays de quoi calmer cette inquiétude, cette ardeur de désir qui me suit partout. L'étude du monde ne m'avait rien appris, et pourtant je n'avais plus la douceur de l'ignorance.

« Ma sœur, par une conduite inexplicable, semblait se plaire à augmenter mon ennui ; elle avait quitté Paris quelques jours avant mon arrivée. Je lui écrivis que je comptais l'aller rejoindre ; elle se hâta de me répondre pour me détourner de ce projet, sous prétexte qu'elle était incertaine du lieu où l'appelleraient ses affaires. Quelles tristes réflexions ne fis-je point alors sur l'amitié, que la présence attiédit, que l'absence efface, qui ne résiste point au malheur, et encore moins à la prospérité !

« Je me trouvai bientôt plus isolé dans ma patrie que je ne l'avais été sur une terre étrangère. Je voulus me jeter pendant quelque temps dans un monde qui ne me disait rien et qui ne m'entendait pas. Mon âme, qu'aucune passion n'avait encore usée, cherchait un objet qui pût l'attacher ; mais je m'aperçus que je donnais plus que je ne recevais. Ce n'était ni un langage élevé ni un sentiment profond qu'on demandait de moi. Je n'étais occupé qu'à rapetisser ma vie, pour la mettre au niveau de la société. Traité partout d'esprit romanesque, honteux du rôle que je jouais, dégoûté de plus en plus des choses et des hommes, je pris le parti de me retirer dans un faubourg pour y vivre totalement ignoré.

« Je trouvai d'abord assez de plaisir dans cette vie obscure et indépendante. Inconnu, je me mêlais à la foule : vaste désert d'hommes !

« Souvent assis dans une église peu fréquentée, je passais des heures entières en méditation. Je voyais de pauvres femmes venir se prosterner devant le Très-Haut, ou des pécheurs s'agenouiller au tribunal de la pénitence. Nul ne sortait de ces lieux sans un visage plus serein, et les sourdes clameurs qu'on entendait au dehors semblaient être les flots des passions et les orages du monde, qui venaient expirer au pied du temple du Seigneur. Grand Dieu, qui vis en secret couler mes larmes dans ces retraites sacrées, tu sais combien de fois je me jetai à tes pieds pour te supplier de me décharger du poids de l'existence, ou de changer en moi le vieil homme ! Ah ! qui n'a senti quelquefois le besoin de se régénérer, de se rajeunir aux eaux du torrent, de retremper son âme à la fontaine de vie ? Qui ne se trouve quelquefois accablé du fardeau de sa propre corruption, et incapable de rien faire de grand, de noble, de juste ?

« Quand le soir était venu, reprenant le chemin de ma retraite, je m'arrêtais sur les ponts pour voir se coucher le soleil. L'astre, enflammant les vapeurs de la cité, semblait osciller lentement dans un fluide d'or comme la pendule de l'horloge des siècles. Je me retirais ensuite avec la nuit, à travers un labyrinthe de rues solitaires. En regardant les lumières qui brillaient dans la demeure des hommes, je me transportais par la pensée au milieu des scènes de douleur et de joie qu'elles éclairaient, et je songeais que sous tant de toits habités je n'avais pas un ami. Au milieu de mes réflexions, l'heure venait frapper à coups mesurés dans la tour de la cathédrale gothique ; elle allait se répétant sur tous les tons et à toutes les distances, d'église en église. Hélas ! chaque heure dans la société ouvre un tombeau, et fait couler des larmes.

« Cette vie, qui m'avait d'abord enchanté, ne tarda pas à me devenir insupportable. Je me fatiguai de la répétition des mêmes scènes et des mêmes idées. Je me mis à sonder mon cœur, à me demander ce que je désirais. Je ne le savais pas ; mais je crus tout à coup que les bois me seraient délicieux. Me voilà soudain résolu d'achever dans un exil champêtre une carrière à peine commencée et dans laquelle j'avais déjà dévoré des siècles.

« J'embrassai ce projet avec l'ardeur que je mets à tous mes desseins ; je partis précipitamment pour m'ensevelir dans une chaumière, comme j'étais parti autrefois pour faire le tour du monde.

« On m'accuse d'avoir des goûts inconstants, de ne pouvoir jouir longtemps de la même chimère, d'être la proie d'une imagination qui se hâte d'arriver au fond de mes plaisirs, comme si elle était accablée de leur durée ; on m'accuse de passer toujours le but que je puis atteindre : hélas ! je cherche seulement un bien inconnu dont l'instinct me poursuit. Est-ce ma faute si je trouve partout des bornes, si ce qui est fini n'a pour moi aucune valeur ? Cependant je sens que j'aime la monotonie des sentiments de la vie, et si j'avais encore la folie de croire au bonheur, je le chercherais dans l'habitude.

« La solitude absolue, le spectacle de la nature, me plongèrent bientôt dans un état presque impossible à décrire. Sans parents, sans amis, pour ainsi dire, sur la terre, n'ayant point encore aimé, j'étais accablé d'une surabondance de vie. Quelquefois je rougissais subitement, et je sentais couler dans mon cœur comme des ruisseaux d'une lave ardente ; quelquefois je poussais des cris involontaires, et la nuit était également troublée de mes songes et de mes veilles. Il me manquait quelque chose pour remplir l'abîme de mon existence : je descendais dans la vallée, je m'élevais sur la montagne, appelant de toute la force de mes désirs l'idéal objet d'une flamme future ; je l'embrassais dans les vents ; je croyais l'entendre dans les gémissements du fleuve ; tout était ce fantôme imaginaire, et les astres dans les cieux, et le principe même de vie dans l'univers.

« Toutefois cet état de calme et de trouble, d'indigence et de richesse, n'était pas sans quelques charmes : un jour je m'étais amusé à effeuiller une branche de saule sur un ruisseau, et à attacher une idée à chaque feuille que le courant entraînait. Un roi qui craint de perdre sa couronne par une révolution subite, ne ressent pas des angoisses plus vives que les miennes à chaque accident qui menaçait les débris de mon rameau. Ô faiblesse des mortels ! Ô enfance du cœur humain qui ne vieillit jamais ! Voilà donc à quel degré de puérilité notre superbe raison peut descendre ! Et encore est-il vrai que bien des hommes attachent leur destinée à des choses d'aussi peu de valeur que mes feuilles de saule.

« Mais comment exprimer cette foule de sensations fugitives que j'éprouvais dans mes promenades ? Les sons que rendent les passions dans le vide d'un cœur solitaire ressemblent au murmure que les vents et les eaux font entendre dans le silence d'un désert : on en jouit, mais on ne peut les peindre.

« L'automne me surprit au milieu de ces incertitudes : j'entrai avec ravissement dans les mois des tempêtes. Tantôt j'aurais voulu être un de ces guerriers errant au milieu des vents, des nuages et des fantômes ; tantôt j'enviais jusqu'au sort du pâtre que je voyais réchauffer ses mains à l'humble feu de broussailles qu'il avait allumé au coin d'un bois. J'écoutais ses chants mélancoliques, qui me rappelaient que dans tout pays le chant naturel de l'homme est triste, lors même qu'il exprime le bonheur. Notre cœur est un instrument incomplet, une lyre où il manque des cordes et où nous sommes forcés de rendre les accents de la joie sur le ton consacré aux soupirs.

« Le jour, je m'égarais sur de grandes bruyères terminées par des forêts. Qu'il fallait peu de chose à ma rêverie ! une feuille séchée que le vent chassait devant moi, une cabane dont la fumée s'élevait dans la cime dépouillée des arbres, la mousse qui tremblait au souffle du nord, sur le tronc d'un chêne, une roche écartée, un étang désert où le jonc flétri murmurait ! Le clocher solitaire s'élevant au loin dans la vallée a souvent attiré mes regards ; souvent j'ai suivi des yeux les oiseaux de passage qui volaient au-dessus de ma tête. Je me figurais les bords ignorés, les climats lointains où ils se rendent ; j'aurais voulu être sur leurs ailes. Un secret instinct me tourmentait, je sentais que je n'étais moi-même qu'un voyageur ; mais une voix du ciel semblait me dire : « Homme, la saison de ta migration n'est pas encore venue ; attends que le vent de la mort se lève, alors tu déploieras ton vol vers ces régions inconnues que ton cœur demande.

« — Levez-vous vite, orages désirés, qui devez emporter René dans les espaces d'une autre vie ! » Ainsi disant, je marchais à grands pas, le visage enflammé, le vent sifflant dans ma chevelure, ne sentant ni pluie, ni frimas ; enchanté, tourmenté, et comme possédé par le démon de mon cœur.

« La nuit, lorsque l'aquilon ébranlait ma chaumière, que les pluies tombaient en torrent sur mon toit, qu'à travers ma fenêtre je voyais la lune sillonner les nuages amoncelés, comme un pâle vaisseau qui laboure les vagues, il me semblait que la vie redoublait au fond de mon cœur, que j'aurais la puissance de créer des mondes. Ah ! si j'avais pu faire partager à une autre les transports que j'éprouvais ! Ô Dieu ! si tu m'avais donné une femme selon mes désirs ; si, comme à notre premier père, tu m'eusses amené par la main une Ève tirée de moi-même… Beauté céleste ! je me serais prosterné devant toi ; puis, te prenant dans mes bras, j'aurais prié l'Éternel de te donner le reste de ma vie.

« Hélas ! j'étais seul, seul sur la terre ! Une langueur secrète s'emparait de mon corps. Ce dégoût de la vie que j'avais ressenti dès mon enfance revenait avec une force nouvelle. Bientôt mon cœur ne fournit plus d'aliment à ma pensée, et je ne m'apercevais de mon existence que par un profond sentiment d'ennui.

« Je luttai quelque temps contre mon mal, mais avec indifférence et sans avoir la ferme résolution de le vaincre. Enfin, ne pouvant trouver de remède à cette étrange blessure de mon cœur, qui n'était nulle part et qui était partout, je résolus de quitter la vie.

« Prêtre du Très-Haut, qui m'entendez, pardonnez à un malheureux que le ciel avait presque privé de la raison. J'étais plein de religion, et je raisonnais en impie ; mon cœur aimait Dieu, et mon esprit le méconnaissait ; ma conduite, mes discours, mes sentiments, mes pensées, n'étaient que contradiction, ténèbres, mensonges. Mais l'homme sait-il bien toujours ce qu'il veut, est-il toujours sûr de ce qu'il pense ?

« Tout m'échappait à la fois, l'amitié, le monde, la retraite. J'avais essayé de tout, et tout m'avait été fatal. Repoussé par la société, abandonné d'Amélie quand la solitude vint à me manquer, que me restait-il ? C'était la dernière planche sur laquelle j'avais espéré me sauver, et je la sentais encore s'enfoncer dans l'abîme !

« Décidé que j'étais à me débarrasser du poids de la vie, je résolus de mettre toute ma raison dans cet acte insensé. Rien ne me pressait ; je ne fixai point le moment du départ, afin de savourer à longs traits les derniers moments de l'existence, et de recueillir toutes mes forces, à l'exemple d'un ancien, pour sentir mon âme s'échapper.

« Cependant je crus nécessaire de prendre des arrangements concernant ma fortune, et je fus obligé d'écrire à Amélie. Il m'échappa quelques plaintes sur son oubli, et je laissai sans doute percer l'attendrissement qui surmontait peu à peu mon cœur. Je m'imaginais pourtant avoir bien dissimulé mon secret ; mais ma sœur, accoutumée à lire dans les replis de mon âme, le devina sans peine. Elle fut alarmée du ton de contrainte qui régnait dans ma lettre, et de mes questions sur des affaires dont je ne m'étais jamais occupé. Au lieu de me répondre, elle me vint tout à coup surprendre.

« Pour bien sentir quelle dut être dans la suite l'amertume de ma douleur, et quels furent mes premiers transports en revoyant Amélie, il faut vous figurer que c'était la seule personne au monde que j'eusse aimée, que tous mes sentiments se venaient confondre en elle, avec la douceur des souvenirs de mon enfance. Je reçus donc Amélie dans une sorte d'extase de cœur. Il y avait si longtemps que je n'avais trouvé quelqu'un qui m'entendit et devant qui je pusse ouvrir mon âme !

« Amélie se jetant dans mes bras me dit : « Ingrat, tu veux mourir, et ta sœur existe ? Tu soupçonnes son cœur ! Ne t'explique point, ne t'excuse point, je sais tout ; j'ai tout compris comme si j'avais été avec toi. Est-ce moi que l'on trompe, moi, qui ai vu naître tes premiers sentiments ? Voilà ton malheureux caractère, tes dégoûts, tes injustices. Jure, tandis que je te presse sur mon cœur, jure que c'est la dernière fois que tu te livreras à tes folies ; fais le serment de ne jamais attenter à tes jours. »

« En prononçant ces mots Amélie me regardait avec compassion et tendresse, et couvrait mon front de ses baisers ; c'était presque une mère, c'était quelque chose de plus tendre. Hélas ! mon cœur se rouvrit à toutes les joies ; comme un enfant je ne demandais qu'à être consolé ; je cédai à l'empire d'Amélie ; elle exigea un serment solennel ; je le fis sans hésiter, ne soupçonnant même pas que désormais je pusse être malheureux.

« Nous fûmes plus d'un mois à nous accoutumer à l'enchantement d'être ensemble. Quand, le matin, au lieu de me trouver seul, j'entendais la voix de ma sœur, j'éprouvais un tressaillement de joie et de bonheur. Amélie avait reçu de la nature quelque chose de divin, son âme avait les mêmes grâces innocentes que son corps, la douceur de ses sentiments était infinie ; il n'y avait rien que de suave et d'un peu rêveur dans son esprit, on eût dit que son cœur, sa pensée et sa voix soupiraient comme de concert ; elle tenait de la femme la timidité et l'amour, et de l'ange la pureté et la mélodie.

« Le moment était venu où j'allais expier toutes mes inconséquences. Dans mon délire, j'avais été jusqu'à désirer d'éprouver un malheur, pour avoir du moins un objet réel de souffrance : épouvantable souhait que Dieu, dans sa colère, a trop exaucé !

« Que vais-je vous révéler, ô mes amis ! voyez les pleurs qui coulent de mes yeux. Puis-je même… Il y a quelques jours, rien n'aurait pu m'arracher ce secret… À présent, tout est fini !

« Toutefois, ô vieillards ! que cette histoire soit à jamais ensevelie dans le silence : souvenez-vous qu'elle n'a été racontée que sous l'arbre du désert.

« L'hiver finissait lorsque je m'aperçus qu'Amélie perdait le repos et la santé, qu'elle commençait à me rendre. Elle maigrissait, ses yeux se creusaient, sa démarche était languissante et sa voix troublée. Un jour, je la surpris tout en larmes au pied d'un crucifix. Le monde, la solitude, mon absence, ma présence, la nuit, le jour, tout l'alarmait. D'involontaires soupirs venaient expirer sur ses lèvres ; tantôt elle soutenait, sans se fatiguer, une longue course ; tantôt elle se traînait à peine ; elle prenait et laissait son ouvrage, ouvrait un livre sans pouvoir lire, commençait une phrase qu'elle n'achevait pas, fondait tout à coup en pleurs, et se retirait pour prier.

« En vain je cherchais à découvrir son secret. Quand je l'interrogeais en la pressant dans mes bras, elle me répondait avec un sourire qu'elle était comme moi, qu'elle ne savait pas ce qu'elle avait.

« Trois mois se passèrent de la sorte, et son état devenait pire chaque jour. Une correspondance mystérieuse me semblait être la cause de ses larmes ; car elle paraissait ou plus tranquille, ou plus émue, selon les lettres qu'elle recevait. Enfin, un matin, l'heure à laquelle nous déjeunions ensemble étant passée, je monte à son appartement ; je frappe : on ne me répond point ; j'entrouvre la porte : il n'y avait personne dans la chambre. J'aperçois sur la cheminée un paquet à mon adresse. Je le saisis en tremblant, je l'ouvre, et je lis cette lettre, que je conserve pour m'ôter à l'avenir tout mouvement de joie.

À RENÉ.

« Le ciel m'est témoin, mon frère, que je donnerais mille fois ma vie pour vous épargner un moment de peine ; mais, infortunée que je suis, je ne puis rien pour votre bonheur. Vous me pardonnerez donc de m'être dérobée de chez vous comme une coupable ; je n'aurais jamais pu résister à vos prières, et cependant il fallait partir… Mon Dieu, ayez pitié de moi !

» Vous savez, René, que j'ai toujours eu du penchant pour la vie religieuse ; il est temps que je mette à profit les avertissements du ciel. Pourquoi ai-je attendu si tard ! Dieu me punit. J'étais restée pour vous dans le monde… Pardonnez, je suis toute troublée par le chagrin que j'ai de vous quitter.

» C'est à présent, mon cher frère, que je sens bien la nécessité de ces asiles, contre lesquels je vous ai vu souvent vous élever. Il est des malheurs qui nous séparent pour toujours des hommes ; que deviendraient alors de pauvres infortunées !… Je suis persuadée que vous-même, mon frère, vous trouveriez le repos dans ces re-traites de la religion : la terre n'offre rien qui soit digne de vous.

» Je ne vous rappellerai point votre serment : je connais la fidélité de votre parole. Vous l'avez juré, vous vivrez pour moi. Y a-t-il rien de plus misérable que de songer sans cesse à quitter la vie ? Pour un homme de votre caractère, il est si aisé de mourir !

» Croyez-en votre sœur, il est plus difficile de vivre.

» Mais, mon frère, sortez au plus vite de la solitude, qui ne vous est pas bonne ; cherchez quelque occupation. Je sais que vous riez amèrement de cette nécessité où l'on est en France de *prendre un état*. Ne méprisez pas tant l'expérience et la sagesse de nos pères. Il vaut mieux, mon cher René, ressembler un peu plus au commun des hommes et avoir un peu moins de malheur.

» Peut-être trouveriez-vous dans le mariage un soulagement à vos ennuis. Une femme, des enfants, occuperaient vos jours. Et quelle est la femme qui ne chercherait pas à vous rendre heureux ! L'ardeur de votre âme, la beauté de votre génie, votre air noble et passionné, ce regard fier et tendre, tout vous assurerait de son amour et de sa fidélité. Ah ! avec quelles délices ne te presserait-elle pas dans ses bras et sur son cœur ! Comme tous ses regards, toutes ses pensées, seraient attachés sur toi pour prévenir tes moindres peines ! Elle serait tout amour, tout innocence devant toi ; tu croi-rais retrouver une sœur.

» Je pars pour le couvent de… Ce monastère, bâti au bord de la mer, convient à la situation de mon âme. La nuit, du fond de ma cellule, j'entendrai le murmure des flots qui baignent les murs du couvent ; je songerai à ces promenades que je faisais avec vous au milieu des bois, alors que nous croyions retrouver le bruit des mers dans la cime agitée des pins. Aimable compagnon de mon enfance, est-ce que je ne vous verrai plus ? À peine plus âgée que vous, je vous balançais dans votre berceau ; souvent nous avons dormi ensemble. Ah ! si un même tombeau nous réunissait un jour ! Mais non, je dois dormir seule sous les marbres glacés de ce sanctuaire, où reposent pour jamais ces filles qui n'ont point aimé.

» Je ne sais si vous pourrez lire ces lignes à demi effacées par mes larmes. Après tout, mon ami, un peu plus tôt, un peu plus tard, n'aurait-il pas fallu nous quitter ? Qu'ai-je besoin de vous entretenir de l'incertitude et du peu de valeur de la vie ? Vous vous rappelez le jeune M... qui fit naufrage à l'Île-de-France. Quand vous reçûtes sa dernière lettre, quelques mois après sa mort, sa dépouille terrestre n'existait même plus, et l'instant où vous commenciez son deuil en Europe était celui où on le finissait aux Indes. Qu'est-ce donc que l'homme, dont la mémoire périt si vite ? Une partie de ses amis ne peut apprendre sa mort, que l'autre n'en soit déjà consolée ! Quoi, cher et trop cher René, mon souvenir s'effacera-t-il si promptement de ton cœur ? Ô mon frère ! si je m'arrache à vous dans le temps, c'est pour n'être pas séparée de vous dans l'éternité. »

» AMÉLIE. »

» P. S. Je joins ici l'acte de la donation de mes biens ; j'espère que vous ne refuserez pas cette marque de mon amitié. »

« La foudre qui fût tombée à mes pieds ne m'eût pas causé plus d'effroi que cette lettre. Quel secret Amélie me cachait-elle ? Qui la forçait si subitement à embrasser la vie religieuse ? Ne m'avait-elle rattaché à l'existence par le charme de l'amitié, que pour me délaisser tout à coup ? Oh ! pourquoi était-elle venue me détourner de mon dessein ! Un mouvement de pitié l'avait rappelée auprès de moi ; mais bientôt, fatiguée d'un pénible devoir, elle se hâte de quitter un malheureux qui n'avait qu'elle sur la terre. On croit avoir tout fait quand on a empêché un homme de mourir ! Telles étaient mes plaintes. Puis, faisant un retour sur moi-même : « Ingrate Amélie, disais-je, si tu avais été à ma place ; si, comme moi, tu avais été perdue dans le vide de tes jours, ah ! tu n'aurais pas été abandonnée de ton frère ! »

« Cependant, quand je relisais la lettre, j'y trouvais je ne sais quoi de si triste et de si tendre, que tout mon cœur se fondait. Tout à coup il me vint une idée qui me donna quelque espérance : je m'imaginai qu'Amélie avait peut-être conçu une passion pour un homme qu'elle n'osait avouer. Ce soupçon sembla m'expliquer sa mélancolie, sa correspondance mystérieuse, et le ton passionné qui respirait dans sa lettre. Je lui écrivis aussitôt pour la supplier de m'ouvrir son cœur.

« Elle ne tarda pas à me répondre, mais sans me découvrir son secret : elle me mandait seulement qu'elle avait obtenu les dispenses du noviciat, et qu'elle allait prononcer ses vœux.

« Je fus révolté de l'obstination d'Amélie, du mystère de ses paroles, et de son peu de confiance en mon amitié.

« Après avoir hésité un moment sur le parti que j'avais à prendre, je résolus d'aller à B... pour faire un dernier effort auprès de ma sœur. La terre où j'avais été élevé se trouvait sur la route. Quand j'aperçus les bois où j'avais passé les seuls moments heureux de ma vie, je ne pus retenir mes larmes, et il me fut impossible de résister à la tentation de leur dire un dernier adieu.

« Mon frère aîné avait vendu l'héritage paternel, et le nouveau propriétaire ne l'habitait pas. J'arrivai au château par la longue avenue de sapins ; je traversai à pied les cours désertes ; je m'arrêtai à regarder les fenêtres fermées ou demi-brisées, le chardon qui croissait au pied des murs, les feuilles qui jonchaient le seuil des portes, et ce perron solitaire où j'avais vu si souvent mon père et ses fidèles serviteurs. Les marches étaient déjà couvertes de mousses ; le violier jaune croissait entre leurs pierres déjointes et tremblantes. Un gardien inconnu m'ouvrit brusquement les portes. J'hésitais à franchir le seuil ; cet homme s'écria : « Hé bien ! allez-vous faire comme cette étrangère qui vint ici il y a quelques jours ? Quand ce fut pour entrer, elle s'évanouit, et je fus obligé de la reporter à sa voiture. » Il me fut aisé de reconnaître l'étrangère qui, comme moi, était venue chercher dans ces lieux des pleurs et des souvenirs !

« Couvrant un moment mes yeux de mon mouchoir, j'entrai sous le toit de mes ancêtres. Je parcourus les appartements sonores où l'on n'entendait que le bruit de mes pas. Les chambres étaient à peine éclairées par la faible lumière qui pénétrait entre les volets fermés : je visitai celle où ma mère avait perdu la vie en me mettant au monde, celle où se retirait mon père, celle où j'avais dormi dans mon berceau, celle enfin où l'amitié avait reçu mes premiers vœux dans le sein d'une sœur. Partout les salles étaient détendues, et l'araignée filait sa toile dans les couches abandonnées. Je sortis précipitamment de ces lieux, je m'en éloignai à grands pas, sans oser tourner la tête. Qu'ils sont doux, mais qu'ils sont rapides, les moments que les frères et les sœurs passent dans leurs jeunes années, réunis sous l'aile de leurs vieux parents ! La famille de l'homme n'est que d'un jour ; le souffle de Dieu la disperse comme une fumée. À peine le fils connaît-il le père, le père le fils, le frère la sœur, la sœur le frère ! Le chêne voit germer ses glands autour de lui ; il n'en est pas ainsi des enfants des hommes !

« En arrivant à B…, je me fis conduire au couvent ; je demandai à parler à ma sœur. On me dit qu'elle ne recevait personne. Je lui écrivis : elle me répondit que, sur le point de se consacrer à Dieu, il ne lui était pas permis de donner une pensée au monde ; que si je l'aimais, j'éviterais de l'accabler de ma douleur. Elle ajoutait : « Cependant si votre projet est de paraître à l'autel le jour de ma profession, daignez m'y servir de père ; ce rôle est le seul digne de votre courage, le seul qui convienne à notre amitié et à mon repos. »

« Cette froide fermeté qu'on opposait à l'ardeur de mon amitié me jeta dans de violents transports. Tantôt j'étais près de retourner sur mes pas ; tantôt je voulais rester, uniquement pour troubler le sacrifice. L'enfer me suscitait jusqu'à la pensée de me poignarder dans l'église et de mêler mes derniers soupirs aux vœux qui m'arrachaient ma sœur. La supérieure du couvent me fit prévenir qu'on avait préparé un banc dans le sanctuaire, et elle m'invitait à me rendre à la cérémonie, qui devait avoir lieu dès le lendemain.

« Au lever de l'aube, j'entendis le premier son des cloches… Vers dix heures, dans une sorte d'agonie, je me traînai au monastère. Rien ne peut plus être tragique quand on a assisté à un pareil spectacle ; rien ne peut plus être douloureux quand on y a survécu.

« Un peuple immense remplissait l'église. On me conduit au banc du sanctuaire ; je me précipite à genoux sans presque savoir où j'étais, ni à quoi j'étais résolu. Déjà le prêtre attendait à l'autel ; tout à coup la grille mystérieuse s'ouvre, et Amélie s'avance, parée de toutes les pompes du monde. Elle était si belle, il y avait sur son visage quelque chose de si divin, qu'elle excita un mouvement de surprise et d'admiration. Vaincu par la glorieuse douleur de la sainte, abattu par les grandeurs de la religion, tous mes projets de violence s'évanouirent ; ma force m'abandonna ; je me sentis lié par une main toute-puissante, et, au lieu de blasphèmes et de menaces, je ne trouvai dans mon cœur que de profondes adorations et les gémissements de l'humilité.

« Amélie se place sous un dais. Le sacrifice commence à la lueur des flambeaux, au milieu des fleurs et des parfums, qui devaient rendre l'holocauste agréable. À l'offertoire, le prêtre se dépouilla de ses ornements, ne conserva qu'une tunique de lin, monta en chaire, et, dans un discours simple et pathétique, peignit le bonheur de la vierge qui se consacre au Seigneur. Quand il prononça ces mots : « Elle a paru comme l'encens qui se consume dans le feu, » un grand calme et des odeurs célestes semblèrent se répandre dans l'auditoire ; on se sentit comme à l'abri sous les ailes de la colombe mystique, et l'on eût cru voir les anges descendre sur l'autel et remonter vers les cieux avec des parfums et des couronnes.

« Le prêtre achève son discours, reprend ses vêtements, continue le sacrifice. Amélie, soutenue de deux jeunes religieuses, se met à genoux sur la dernière marche de l'autel. On vient alors me chercher pour remplir les fonctions paternelles. Au bruit de mes pas chancelants dans le sanctuaire, Amélie est prête à défaillir. On me place à côté du prêtre pour lui présenter les ciseaux. En ce moment je sens renaître mes transports ; ma fureur va éclater quand Amélie, rappelant son courage, me lance un regard où il y a tant de reproche et de douleur, que j'en suis atterré. La religion triomphe. Ma sœur profite de mon trouble, elle avance hardiment la tête. Sa superbe chevelure tombe de toutes parts sous le fer sacré ; une longue robe d'étamine remplace pour elle les ornements du siècle, sans la rendre moins touchante ; les ennuis de son front se cachent sous un bandeau de lin ; et le voile mystérieux, double symbole de la virginité et de la religion, accompagne sa tête dépouillée. Jamais elle n'avait paru si belle. L'œil de la pénitente était attaché sur la poussière du monde, et son âme était dans le ciel.

« Cependant Amélie n'avait point encore prononcé ses vœux ; et pour mourir au monde il fallait qu'elle passât à travers le tombeau. Ma sœur se couche sur le marbre ; on étend sur elle un drap mortuaire : quatre flambeaux en marquent les quatre coins. Le prêtre, l'étole au cou, le livre à la main, commence l'Office des morts ; de jeunes vierges le continuent. Ô joies de la religion, que vous êtes grandes, mais que vous êtes terribles ! On m'avait contraint de me placer à genoux près de ce lugubre appareil. Tout à coup un murmure confus sort de dessous le voile sépulcral ; je m'incline, et ces paroles épouvantables (que je fus seul à entendre) viennent frapper mon oreille : « Dieu de miséricorde, fais que je ne me relève jamais de cette couche funèbre, et comble de tes biens un frère qui n'a point partagé ma criminelle passion ! »

« À ces mots échappés du cercueil, l'affreuse vérité m'éclaire ; ma raison s'égare ; je me laisse tomber sur le linceul de la mort, je presse ma sœur dans mes bras ; je m'écrie : « Chaste épouse de Jésus-Christ, reçois mes derniers embrassements à travers les glaces du trépas et les profondeurs de l'éternité, qui te séparent déjà de ton frère ! »

« Ce mouvement, ce cri, ces larmes, troublent la cérémonie : le prêtre s'interrompt, les religieuses ferment la grille, la foule s'agite et se presse vers l'autel ; on m'emporte sans connaissance. Que je sus peu de gré à ceux qui me rappelèrent au jour ! J'appris, en rouvrant les yeux, que le sacrifice était consommé, et que ma sœur avait été saisie d'une fièvre ardente. Elle me faisait prier de ne plus chercher à la voir. Ô misère de ma vie ! une sœur craindre de parler à un frère, et un frère craindre de faire entendre sa voix à une sœur ! Je sortis du monastère comme de ce lieu d'expiation où des flammes nous préparent pour la vie céleste, où l'on a tout perdu comme aux enfers, hors l'espérance.

« On peut trouver des forces dans son âme contre un malheur personnel ; mais devenir la cause involontaire du malheur d'un autre, cela est tout à fait insupportable. Éclairé sur les maux de ma sœur, je me figurais ce qu'elle avait dû souffrir. Alors s'expliquèrent pour moi plusieurs choses que je n'avais pu comprendre ; ce mélange de joie et de tristesse qu'Amélie avait fait paraître au moment de mon départ pour mes voyages, le soin qu'elle prit de m'éviter à mon retour, et cependant cette faiblesse qui l'empêcha si longtemps d'entrer dans un monastère : sans doute la fille malheureuse s'était flattée de guérir ! Ses projets de retraite, la dispense du noviciat, la disposition de ses biens en ma faveur, avaient apparemment produit cette correspondance secrète qui servit à me tromper.

« Ô mes amis ! je sus donc ce que c'était que de verser des larmes pour un mal qui n'était point imaginaire ! Mes passions, si long-temps indéterminées, se précipitèrent sur cette première proie avec fureur. Je trouvai même une sorte de satisfaction inattendue dans la plénitude de mon chagrin, et je m'aperçus, avec un secret mouvement de joie, que la douleur n'est pas une affection qu'on épuise comme le plaisir.

« J'avais voulu quitter la terre avant l'ordre du Tout-Puissant ; c'était un grand crime : Dieu m'avait envoyé Amélie à la fois pour me sauver et pour me punir. Ainsi, toute pensée coupable, toute action criminelle entraîne après elle des désordres et des malheurs. Amélie me priait de vivre, et je lui devais bien de ne pas aggraver ses maux. D'ailleurs (chose étrange !) je n'avais plus envie de mourir depuis que j'étais réellement malheureux. Mon chagrin était devenu une occupation qui remplissait tous mes moments : tant mon cœur est naturellement pétri d'ennui et de misère !

« Je pris donc subitement une autre résolution ; je me déterminai à quitter l'Europe et à passer en Amérique.

« On équipait, dans ce moment même, au port de B…, une flotte pour la Louisiane ; je m'arrangeai avec un des capitaines de vaisseau ; je fis savoir mon projet à Amélie, et je m'occupai de mon départ.

« Ma sœur avait touché aux portes de la mort ; mais Dieu, qui lui destinait la première palme des vierges, ne voulut pas la rappeler si vite à lui ; son épreuve ici-bas fut prolongée. Descendue une seconde fois dans la pénible carrière de la vie, l'héroïne, courbée sous la croix, s'avança courageusement à l'encontre des douleurs, ne voyant plus que le triomphe dans le combat, et dans l'excès des souffrances, l'excès de la gloire.

« La vente du peu de bien qui me restait, et que je cédai à mon frère, les longs préparatifs d'un convoi, les vents contraires, me retinrent longtemps dans le port. J'allais chaque matin m'informer des nouvelles d'Amélie, et je revenais toujours avec de nouveaux motifs d'admiration et de larmes.

« J'errais sans cesse autour du monastère, bâti au bord de la mer. J'apercevais souvent à une petite fenêtre grillée qui donnait sur une plage déserte, une religieuse assise dans une attitude pensive ; elle rêvait à l'aspect de l'Océan où apparaissait quelque vaisseau, cinglant aux extrémités de la terre. Plusieurs fois, à la clarté de la lune, j'ai revu la même religieuse aux barreaux de la même fenêtre : elle contemplait la mer, éclairée par l'astre de la nuit, et semblait prêter l'oreille au bruit des vagues qui se brisaient tristement sur des grèves solitaires.

« Je crois encore entendre la cloche qui, pendant la nuit, appelait les religieuses aux veilles et aux prières. Tandis qu'elle tintait avec lenteur et que les vierges s'avançaient en silence à l'autel du Tout-Puissant, je courais au monastère : là, seul au pied des murs, j'écoutais dans une sainte extase les derniers sons des cantiques, qui se mêlaient sous les voûtes du temple au faible bruissement des flots.

« Je ne sais comment toutes ces choses, qui auraient dû nourrir mes peines, en émoussaient au contraire l'aiguillon. Mes larmes avaient moins d'amertume, lorsque je les répandais sur les rochers et parmi les vents. Mon chagrin même, par sa nature extraordinaire, portait avec lui quelque remède : on jouit de ce qui n'est pas commun, même quand cette chose est un malheur. J'en conçus presque l'espérance que ma sœur deviendrait à son tour moins misérable.

« Une lettre que je reçus d'elle avant mon départ sembla me confirmer dans ces idées. Amélie se plaignait tendrement de ma douleur, et m'assurait que le temps diminuait la sienne. « Je ne désespère pas de mon bonheur, me disait-elle. L'excès même du sacrifice, à présent que le sacrifice est consommé, sert à me rendre quelque paix. La simplicité de mes compagnes, la pureté de leurs vœux, la régularité de leur vie, tout répand du baume sur mes jours. Quand j'entends gronder les orages, et que l'oiseau de mer vient battre des ailes à ma fenêtre, moi, pauvre colombe du ciel, je songe au bonheur que j'ai eu de trouver un abri contre la tempête. C'est ici la sainte montagne ; le sommet élevé d'où l'on entend les derniers bruits de la terre et les premiers concerts du ciel ; c'est ici que la religion trompe doucement une âme sensible : aux plus violentes amours elle substitue une sorte de chasteté brûlante où l'amante et la vierge sont unies ; elle épure les soupirs ; elle change en une flamme incorruptible une flamme périssable ; elle mêle divinement son calme et son innocence à ce reste de trouble et de volupté d'un cœur qui cherche à se reposer, et d'une vie qui se retire. »

« Je ne sais ce que le ciel me réserve, et s'il a voulu m'avertir que les orages accompagneraient partout mes pas. L'ordre était donné pour le départ de la flotte ; déjà plusieurs vaisseaux avaient appareillé au baisser du soleil ; je m'étais arrangé pour passer la dernière nuit à terre, afin d'écrire ma lettre d'adieux à Amélie. Vers minuit, tandis que je m'occupe de ce soin, et que je mouille mon papier de mes larmes, le bruit des vents vient frapper mon oreille. J'écoute ; et au milieu de la tempête je distingue les coups de canon d'alarme mêlés au glas de la cloche monastique. Je vole sur le rivage où tout était désert, et où l'on n'entendait que le rugissement des flots. Je m'assieds sur un rocher. D'un côté s'étendent les vagues étincelantes, de l'autre les murs sombres du monastère se perdent confusément dans les cieux. Une petite lumière paraissait à la fenêtre grillée. Était-ce toi, ô mon Amélie, qui, prosternée au pied du crucifix, priais le Dieu des orages d'épargner ton malheureux frère ? La tempête sur les flots, le calme dans ta retraite ; des hommes brisés sur des écueils, au pied de l'asile que rien ne peut troubler ; l'infini de l'autre côté du mur d'une cellule ; les fanaux agités des vaisseaux, le phare immobile du couvent ; l'incertitude des destinées du navigateur, la vestale connaissant dans un seul jour tous les jours futurs de sa vie ; d'une autre part, une âme telle que la tienne, ô Amélie, orageuse comme l'Océan ; un naufrage plus affreux que celui du marinier : tout ce tableau est encore profondément gravé dans ma mémoire. Soleil de ce ciel nouveau, maintenant témoin de mes larmes, échos du rivage américain qui répétez les accents de René, ce fut le lendemain de cette nuit terrible qu'appuyé sur le gaillard de mon vaisseau je vis s'éloigner pour jamais ma terre natale ! Je contemplai longtemps sur la côte les derniers balancements des arbres de la patrie et les faîtes du monastère qui s'abaissaient à l'horizon. »

Comme René achevait de raconter son histoire, il tira un papier de son sein, et le donna au père Souël ; puis, se jetant dans les bras de Chactas, et étouffant ses sanglots, il laissa le temps au missionnaire de parcourir la lettre qu'il venait de lui remettre.

Elle était de la supérieure de… Elle contenait le récit des derniers moments de la sœur Amélie de la Miséricorde, morte victime de son zèle et de sa charité en soignant ses compagnes attaquées d'une maladie contagieuse. Toute la communauté était inconsolable, et l'on y regardait Amélie comme une sainte. La supérieure ajoutait que depuis trente ans qu'elle était à la tête de la maison, elle n'avait jamais vu de religieuse d'une humeur aussi douce et aussi égale, ni qui fût plus contente d'avoir quitté les tribulations du monde.

Chactas pressait René dans ses bras, le vieillard pleurait. « Mon enfant, dit-il à son fils, je voudrais que le père Aubry fût ici ; il tirait du fond de son cœur je ne sais quelle paix qui, en les calmant, ne semblait cependant point étrangère aux tempêtes ; c'était la lune dans une nuit orageuse : les nuages errants ne peuvent l'emporter dans leur course ; pure et inaltérable, elle s'avance tranquille au-dessus d'eux. Hélas ! pour moi, tout me trouble et m'entraîne ! »

Jusque alors le père Souël, sans proférer une parole, avait écouté d'un air austère l'histoire de René. Il portait en secret un cœur compatissant, mais il montrait au dehors un caractère inflexible ; la sensibilité du Sachem le fit sortir du silence :

« Rien, dit-il au frère d'Amélie, rien ne mérite, dans cette histoire, la pitié qu'on vous montre ici. Je vois un jeune homme entêté de chimères, à qui tout déplaît, et qui s'est soustrait aux charges de la société pour se livrer à d'inutiles rêveries. On n'est point, Monsieur, un homme supérieur parce qu'on aperçoit le monde sous un jour odieux. On ne hait les hommes et la vie que faute de voir assez loin. Étendez un peu plus votre regard, et vous serez bientôt convaincu que tous ces maux dont vous vous plaignez sont de purs néants. Mais quelle honte de ne pouvoir songer au seul malheur réel de votre vie sans être forcé de rougir ! Toute la pureté, toute la vertu, toute la religion, toutes les couronnes d'une sainte rendent à peine tolérable la seule idée de vos chagrins. Votre sœur a expié sa faute ; mais, s'il faut ici dire ma pensée, je crains que, par une épouvantable justice, un aveu sorti du sein de la tombe n'ait troublé votre âme à son tour. Que faites-vous seul au fond des forêts où vous consumez vos jours, négligeant tous vos devoirs ? Des saints, me direz-vous, se sont ensevelis dans les déserts ? Ils y étaient avec leurs larmes, et employaient à éteindre leurs passions le temps que vous perdez peut-être à allumer les vôtres. Jeune présomptueux, qui avez cru que l'homme se peut suffire à lui-même ! La solitude est mauvaise à celui qui n'y vit pas avec Dieu ; elle redouble les puissances de l'âme, en même temps qu'elle leur ôte tout sujet pour s'exercer. Quiconque a reçu des forces doit les consacrer au service de ses semblables ; s'il les laisse inutiles, il en est d'abord puni par une secrète misère, et tôt ou tard le ciel lui envoie un châtiment effroyable. »

Troublé par ces paroles, René releva du sein de Chactas sa tête humiliée. Le sachem aveugle se prit à sourire ; et ce sourire de la bouche, qui ne se mariait plus à celui des yeux, avait quelque chose de mystérieux et de céleste. « Mon fils, dit le vieil amant d'Atala, il nous parle sévèrement ; il corrige et le vieillard et le jeune homme, et il a raison. Oui, il faut que tu renonces à cette vie extraordinaire qui n'est pleine que de soucis ; il n'y a de bonheur que dans les voies communes.

« Un jour, le Meschacebé, encore assez près de sa source, se lassa de n'être qu'un limpide ruisseau. Il demande des neiges aux montagnes, des eaux aux torrents, des pluies aux tempêtes ; il franchit ses rives, et désole ses bords charmants. L'orgueilleux ruisseau s'applaudit d'abord de sa puissance ; mais, voyant que tout devenait désert sur son passage, qu'il coulait abandonné dans la solitude, que ses eaux étaient toujours troublées, il regretta l'humble lit que lui avait creusé la nature, les oiseaux, les fleurs, les arbres et les ruisseaux, jadis modestes compagnons de son paisible cours. »

Chactas cessa de parler, et l'on entendit la voix du *flamant* qui, retiré dans les roseaux du Meschacebé, annonçait un orage pour le milieu du jour. Les trois amis reprirent la route de leurs cabanes : René marchait en silence entre le missionnaire, qui priait Dieu, et le sachem aveugle, qui cherchait sa route. On dit que, pressé par les deux vieillards, il retourna chez son épouse, mais sans y trouver le bonheur. Il périt peu de temps après avec Chactas et le père Souël, dans le massacre des Français et des Natchez à la Louisiane. On montre encore un rocher où il allait s'asseoir au soleil couchant.

ISBN : 978-1725044869

Printed in the USA
CPSIA information can be obtained
at www.ICGtesting.com
LVHW012258080224
771278LV00008B/246